海の記憶

斎藤紘二

思潮社

海の記憶　斎藤紘二

目次

装幀写真＝「平和の火」（沖縄県平和祈念財団蔵）

海の記憶

風葬

風が吹きぬける
風の舌が皮膚に残るわずかな水を舐めてゆく
東シナ海に面する断崖の小さな窪み
そこに横たわる四つの死体

戦争で　多くのいのちが
多くの死に変わるとき
世界は微動だにしない
だからむろん沖縄の壕で
四つのいのちが
四つの死に変わったときも

世界が揺らぐことはなかった
四つの死は世界から
とりわけ祖国から孤立していた
（大和*を祖国と呼んだ悔恨とともに）
そしてかわいた風が吹きぬけた

一つの死体は胸に手をくんでいた
まるで貧しい思い出を抱きしめるように

一つの死体は目を閉じていた
開けていても見たいものはなかったから

一つの死体は耳をそがれていた
日本兵の刀でそがれた耳には
風の音さえ聞こえなかった

一つの死体は口をわずかに開けていた
おそらくは最後の願いを家族に伝えるために

とどろく断崖の波の音
生きている海の鼓動を聞きながら
死体は静かに解かれてゆく
皮膚から肉へ　肉から骨へ
解かれながら死体は自由になる
苦痛からのがれて
死は生の美しい擬制となる

それから死体は空に向かって開かれる
すると
原始葬制の清潔な朝に
鳥たちが目をついばみにくる
死者を世界から切り離す

最後のおごそかな儀式を迎えるのだ
死者がふたたび
おそろしい生の世界を見なくてすむように

＊沖縄では日本の本土を〈やまと〉と呼ぶことが多い。

哀歌

I　幼子《わたし》

草むらに横たわる母の胸をまさぐって
小さな手がやっとたどりついた乳房の
その柔らかな弾力を確かめながら
わたしはいつものように心満たされていた
けれどもそのときすでに
背に負ぶったわたしを
機銃掃射から守ろうとして
すばやく胸に抱えなおした母は
背後から撃たれて死んでいたのだ

死んでなお我が子を守るべく
懐ふかく抱いていた母よ
記憶とも言えないほど微かな記憶のなかで
あたたかく柔らかなものが静かに遠ざかってゆく
唇には微笑さえ残っているのに
もはや母の胸のぬくもりは消えはじめ
ゆっくりと冷めてゆくものに
わたしは力なくいやいやをするばかりだ

（母よ　なぜあなたは冷たくなってゆくのか）

2　父

幼い息子よ
おまえは撃たれて死んだ母の
もはや動かぬその母の乳房を吸え

生の側のおまえに
死の側の母からおくられる
ほのかにあまい乳を吸え
医学が冷たく死を宣告するときでも
おまえにとって母は生きている
乳が出るかぎり母は生きているのだ

母のいのちを奪った戦争をおまえは知らない
それでも　おまえは知っただろう
母の乳が止まったとき
おまえの小さな指と口が支配していた母の乳房が
おまえから奪われてしまったことを
失われたその弾力とともに
おまえが頼って生きるはずの
その乳房が奪われてしまったことを

息子よ　それが戦争というものだ

3　愛

奪われたものは返らない
だから奪う者は心せよ
ひとのいのちを奪う者は心せよ

戦いで得るのは苦しみと哀しみ
それに底知れぬ虚しさばかりであれば
ひとよ　なぜ武器を捨てないか
ひとよ　武器を捨てて
なぜ非武装の孤塁を守らないか

六十五年前の夏
沖縄の小さな村で
撃たれて斃れる前に

負ぶっていた背中からすばやく
おさな子を胸に抱えなおしてかばった母がいた
銃弾に斃れてなお母は子供を守ろうとした

それをひとは愛と呼ぶ
詩人はそれをただ哀しく歌うのだ

千の名を書く

I

時がたたずむ島の波止場で
わたしは乗り遅れた船を見送る
いやそうではない
やがて沈む船に乗せた家族を
わたしはひとりで見送っているのだ
（沈む船に乗せたという比喩に顔赤らめながら）
母よ　まずはあなたに詫びる

それから弟と妹に
わたしが壕のなかでいのちを奪ったあなたたちすべてに
そしてただひとり生き残った自分を深く恥じてのち
わたしは自らを糾問する法廷に立つ
ああ　恥辱とともに生きるこのわたしを
時代の棺に入れて速やかに埋葬せよ
わたしにこそ死はふさわしい

墓地が遠くに点在する山峡の壕には
祖国にまつわりつく敗北の気配のように
（大和を祖国と呼ぶ羞いにも似て）
夕靄が薄くひっそりとまつわりついていた
逃げのびた壕のなかでひとびとが死ぬ
その安堵と哀しみのアンビバレンス*を帆に孕んで
船は失意の港を出ていった　それは
家族を乗せてやがて沈む

わたしが見送ったあの船だ
それからいくたびか
夕陽はぼうぼうと燃えながら海に墜ち
沖縄は朽ちた廃船となってまさに沈もうとしていた

あのとき死は怖いものではなかった
むしろ死は大いなる選択
家族の心をひとつに貫く意志だった
(その意志の由来を知らずにいた愚かなわたしよ)
自決を遂げられなかったあなたたちを
不在の父に代わって扼殺したのはわたしだ
紐でなく鎌でなく剃刀でなく
ほかならぬこの手であやめたわたしを許すな

(言わば沈む船から救い出すことなく
艫から蹴落としたこのわたしを許すな)

許されることのないわたしは
自ら朽ちた船となって記憶の底に沈んでゆく
家族が死の一瞬前に見せた
わたしの手で殺されるのを恨むのではなく
むしろ心から感謝するような目と
口元に浮かべた微かな笑みにふたたび出合うために
ふるい記憶の水底をさまよう
わたしは生ける死者なのだ

あのおだやかに澄んだ目と微笑の前で
償うべき罪を詫びようとして
六十余年の時をひたすら遡ってゆくわたしの
記憶の港に停泊する深い哀しみ
敵におびえながら生き残ることを
もっとも恐れていた家族の

ほっとしたようなこの世の最後の姿を知るわたしは
生き残ったことの恥辱にまみれて歯ぎしりする
死がわたしにこそふさわしいこの世界の
空の高い鴨居に一本のロープをつるして

2

壕のなかの悲劇を再生する記録装置の
永遠にぼやけることのない画像とともに
しきりに過去へ引き戻そうとする沖縄戦の強い磁場で
記憶をたどりつつわたしは死んだひとの顔を甦らせる
顔とともに浮かぶひとの名よ
その名を懐かしく口ずさみながら
わたしは心のなかでひとびとの名を書く
愛する母と弟と妹の名を
かれらに連なるすべてのひとの名を

皇民たる日本人として死ぬことの
矜持と諦念のなかで
自決という名の
命令による強制死を受け入れた
優しすぎる沖縄の民の
その誇りと諦めを想起しながら
わたしは千の名を書く

今日　六月の雨に濡れながら
平和の礎《いしじ》の前に立って
わたしは書く
死んだひとびとの名を
愛する者を失ったひとびとの名を
それから最後にわたしは
希望とともに
未来に呼びかけるひとびとの名を書く

なだらかにゆったりと太平洋に傾く
摩文仁の丘のふもと
愛するがゆえに
そしてまた
無知ゆえに家族を扼殺した
それと同じこの手で
（ああ　それとまったく同じこの手で）
静かに合掌しながら
わたしはいま心のなかで多くのひとの名を書く
わたしは千の名を書く

＊同じ事柄に相反する二つの感情等を抱くこと。両面価値。

指きり

ひとが悲劇のなかの幸運と呼んだもの
戦争に敗北しながら
望みをアリアの旋律に託して
おれに生の歌を歌わせたもの

息子よ　降り注ぐ銃弾のなか　逃げまどうおまえの母に陣痛がやってきて　母は大きな木の下で意識を失った　それでも母はおまえを無事に産み落とし　それから間もなく息絶えた　まるで北海道の川を遡って産卵する鮭のようだったと　祖母が後に教えてくれた

戦乱のなかで二十代は終わりを告げた

新しい時代も沖縄には冷たく
三十代しのびよる絶望の季節に　それでも
おれはおまえとともに生きる喜びを得た

累々たる死者のかたわらで誕生した
子供の生命力の強さとしたたかさ
それはおまえにはとうてい分かるまい
その子供がおまえ自身だったとすれば
分からないのは当然のことだ

息子よ　おまえが生まれた島は
戦争ですっかりすさんでしまった
まるで海辺に散乱する珊瑚のように
掘れば今でもいたるところ白骨の出る島の
遠くに見えるのが〈象の檻[*1]〉ならば
鉄条網が取り囲むこの島そのものを

ひとはなぜ〈人間の檻〉と呼ばないか

激しい戦争が終わって
沖縄が基地の島になった後で
嘉手納に炎えあがる屈辱の火柱と
宜野湾[*2]の海にそそり立つ憤怒の青い波柱
今その波柱が砕けて
怒りが沖縄の隅々に広がってゆく
それは　卑劣な祖国の
まるで一月の雨のように冷たい仕打ちに
じっと耐えてきた者たちの怒りだ

（おれたちに約束したことは何かと祖国に問えば
　何も約束はしていないという答えが返ってくる）

思えば出征にあたっておれは

かならず生きて帰ると妻に約束して指きりをした
妻が悲しげな微笑で応えた
あのときの非愛国的な契りよ
その妻の面影を宿すおまえの横顔

今は眠っているおまえの
手を握りながらおれは密かに思う
目を覚ましたら
この指と　土方仕事でささくれた
おれのごっつい指で拳万しよう
この沖縄に生まれたことを悔やませない
そう約束するために指きりしよう

(四十代　おれにできるのはそれだけだ)

息子よ

目を覚ましたら父さんと指きりしよう

＊1　沖縄県読谷村にあった「米軍楚辺通信所」。形状が象の檻に似ていたのがその名の由来と言われる。

＊2　宜野湾市に普天間基地がある。

モモタマナ

きみはモモタマナを知っているか
ひとの泣き声を聞いて大きくなるという
沖縄の木　モモタマナを
その木の下で
ぼくらは楽しげに話すことはない
いつでも密やかにひとの死について話す
世界の不幸について語る
涙と泣き声だけがふさわしいその木の下では

モモタマナの大きな葉は
まるで子象の耳のように

ときどき静かに揺れながら
ぼくらの話を聞いている

そのモモタマナが急に大きくなりはじめたのは
沖縄戦のときからだとひとは言う
一日として止むことのなかった
ぼくら沖縄の民の悲しい泣き声を
モモタマナはその子象のような耳で聞いたのだ

数珠にも似た白い小さな花を咲かせる
モモタマナの木が
どんどん大きくなるのがきみは嬉しいか
ひとの泣き声を聞いて大きくなるという
その木の成長が嬉しいか

きみはモモタマナの木を知っているか

モモタマナが耳にした
ぼくら沖縄の民の　たとえば
自決した父母や兄弟姉妹の
壕のなかの慟哭
こらえてもこらえても溢れてくる
その泣き声がきみには聞こえるか

記憶する海

ふるい海の記憶を
いまいちど記憶の海に浮かべて
つらい思い出のなかに甦らせる
すると季節はいつもきまって夏で
若い女たちの悲鳴が聞こえてくる
日に焼けた腕を高くあげて
断崖から海に身を投げた女たちの暗い叫びが

あれはひとの悲鳴というよりはむしろ
獣の叫びのようであった
ひとは絶望の極北で

おそらくそのように叫ぶのだろう
この世のいっさいの希望を断ち切るために
獣のように咆哮して果てるのだろう
海はその咆哮をじっと聴いていたのだ

*

いま沖縄の海はおだやかで
死者を弔う風が
記憶の回廊をゆっくりと巡っている
だが海のあおさに見とれてはいけない
空の深みから墜ちてくる光は
ためらいながら屈折して海に入水し
光はいちど死んで
それからあおく輝くのだ
ゆるやかな漸近線を描く
時代の屈折率にしたがって

そのときどきの明度と彩度を定めながら

海のあおさを語るとき
ゆるやかな漸近線の上を
涙がしずかに流れて光る

その涙の由来を知るために
海の底を覗くひつようはない
ただ黙って
この島のしろい珊瑚の浜に立てばいいのだ

そこにかつてやって来た鋼鉄の船たち
海を灰色にそめて浮かんだ
それら千五百隻の艦船たち
二十万のいのちを奪って
悲しみをまきちらした戦《いくさ》の

始まりを見ていた海よ

海は記憶しているのだ
ひととき灰色にそまった海が
戦の後でふたたびあおく輝いたとき
そのあおは遠いむかしのあおではなかったと

だから海のあおさにだまされてはいけない
涙がにじむ海のあおさに惑わされてはいけない
そしてその海を美しいと言うな
島のひとびとの心は美しくとも
悲しみがうもれた海を
ひとびとが記憶のなかでもだえる海を
決して美しいとは言うな
掘り起こせば骨のように悲劇が出てくる
祖国の首都から遠い沖縄の浜辺よ

海がこんなにあおいのには訳があるのだ

ヒロシマとナガサキの空が蒼ざめた
それと同じように
沖縄の海も蒼ざめたのだ
時代の光が恐怖のために
大きく屈折したあのときに

だから海のあおさに
ただ見とれてはいけない
空の深みからやって来た光が入水して
海がひとびとの心といっしょに蒼ざめたのを
あなたはもう知ってしまったのだから

小さな服

小さな服がふるい行李のなかで泣く
悲しみをおし殺すように
夜になると小さな服は泣くのだ

それは十歳違いの弟の服
近づくアメリカ兵の軍靴の音に耳を澄ませて
洞窟のなかの村人たちが怯えていたとき
泣き声をあげたために
母もろとも日本兵に殺された弟の
小さな青い上着だ

時は悲しみを癒さない
時もまた記憶の同胞であるかぎり

あのとき　薄暗い洞窟のなかで
死んだ弟の上着をすばやく剝ぎ取り
わたしはそっと懐にしまい込んだ
まるで弟の無念を抱えるように
母に代わって弟をあやすかのように

やがて戦いは敗れた
母と弟が殺されたとき　ほんとは
わたしの祖国も死んでしまった
敵に敗北する前に自ら滅びたのだ
兵士が守るべき民を殺したまさにそのときに

母よ　弟よ

目の前で殺されたあなたたちの無念を
今でも抱えながらわたしは生きている
子供にも孫にも言えない虚しさと
秘かにたたかいながら生きているのだ

敵ではなく味方に殺された肉親の怨念を
娘であり姉であるわたしが継承する
そのつらさに耐えながら
わたしが戻ってゆくのはいつもあの暗い洞窟だ

ああ　あのときの弟の泣き声が
今でもわたしの耳の洞窟に響いている
弟の小さな服を行李に入れておくのは
悲しい記憶を封印するためではない
行李という名の洞窟のなかで
心ゆくまで泣かせておくためだ

記憶はよろこびを与えない
　記憶のなかに悲しみが埋もれているかぎり

六十五年が過ぎてなお
わたしの沖縄戦は終わらないのだ
行李のなかの小さな服の
その泣き声が聞こえるかぎりは

ひめゆり

ひめゆり部隊の〈ひめゆり〉は
花の名前だと思っていたのに
実はそうではないと言う

ひめゆりの花ならばわたしも知っている
夏になると　おとなの膝ほどの高さに
しっとりと重い六つの花弁をつけて咲き
雨にうたれて地に落ちるあかい花だ
だが　ひめゆり部隊のひめゆりは
それとは違うと言うのだ
そう言われれば

わたしは黙って聞くしかない

それでもわたしは密かに思うのだ
ひめゆりの塔の下に広がる
第三外科壕と呼ばれた暗く湿った壕のなかで
望みを失った負傷兵の看護をして
最後に自決した少女たち
そうして自らも望みを絶った
その少女たちのひとりひとりは
散って地に落ちた
ひめゆりの花びらそのものだと

けれども　まだあどけなさの残る
ひめゆり部隊の少女たちの
あまりにも早すぎる死を
散ったひめゆりの花びらにたとえるとき

歴史はそのひとかけらの抒情を排して
〈ひめゆり〉の四文字を刻む
潜望鏡のような小さな石の塔の背後から
冷たくじっとこちらを見ているのだ

疑うことなくいのちを捧げた少女たちよ
自決した壕のなかから見えるだろうか
あれから六十五年を経てなお
鉄条網に囲まれてきらめく
薄鼠色のジュラルミンの翼
昼でも輝くその翼の銀の星たちが

返還された沖縄に
その昼の星があるかぎり
歴史は抒情を拒みつづける
少女たちの死を

散ったひめゆりの花びらにたとえた
このわたしをまるで憐れむように

さとうきび畑の祈り

I

戦《いくさ》は海を渡っていった
日付変更線のずっと東
ちょうど
真珠湾と呼ばれるところまで

それから丁重な返礼のように
戦は海の向こうからやってきた
ぼくらの島
沖縄まで

その戦について語ろうとしても
さとうきび畑で起こったことは誰にも話せない
みどりに生い茂るさとうきびの葉の
その下で起こったことは誰にも言えないのだ
男も女も子供も撃たれた　そうして
撃たれた者の多くは死んでしまった
さとうきびの葉は雨のような銃弾をふせげなかった
しなやかで長いさとうきびの葉は
死んだひとを隠しただけだ
ただ空からは見えないように

悲しみを波打たせるさとうきびの
ゆるくカールする長い葉が
みどりのテープとなってうねる秋がきて
島には二つの国旗

太陽と星の旗が溢れはじめた
さとうきび畑が収穫の季節を迎える前に
島は戦の季節を迎えたのだ

その戦について語ろうとするとき
ぼくは記憶のなかでさとうきび畑に潜んでいる
そこに身を隠したひとびとの
暗い絶望の上を飛ぶ　星を描いたジュラルミンの翼
さとうきび畑がどんなに広くても
さとうきびの葉がどんなに大きく茂っても
ひとびとは恐怖におののいていたのだ　そして
多くの死と隣り合わせでは
幸運を祈ることさえ空しく思われた

それでもひとびとは祈った
父と母　それに兄弟姉妹の無事を

自分のことは後にして
ひとびとはひたすら祈ったのだ
掘れば今でも人骨の出る
さとうきび畑の土に身を伏せたままで

（さとうきび畑は何も語らない
語るのは生き残った者のしごとだ）

2

むかし
戦が海を渡っていった
それから律儀にも
海の向こうから戦がかえってきた
おだやかな海
パシフィック・オーシャンの波を荒立たせて

さとうきび畑の向こうに
みどりの海が見える
それからさらに碧い海がつづく
しおからい味がする海の記憶よ
ぼくが少年のころ
戦はその海の向こうから戻ってきたのだ
大きな戦闘機と大きな軍艦
それに大きな不幸を連れて

今ではもうきみたちは知ってしまった
あのとき　さとうきび畑の
ひとびとの祈りがとどかなかったことを
大きな不幸を前にして
ひとびとの祈りが無力だったことを

だから今　さとうきび畑で祈るのは

戦が海を渡っていかないことだ
どんな返礼もとどかぬように
戦が二度と海を渡ってはいかないことだ

孤児

誰もたよる者のいない
まるで異郷とも思える島で
自分によく似た木淡《きざわし》*のような
くすんで目立たぬ小さな星をさがし
地球の人間たちよりその星にしたしみを抱く
そうした日々の不幸に気づくことなく
南の空の孤児のような星を
じっと見つめていた地上の孤児たち

木淡のような
目立たぬ星にさえ名前はあろう

幸運な天文家に名づけられた
その名前を誇りにしながら
星は百万光年を生きるだろう

名前があれば
星は検索されて
ネットの矩形の空でさえ
ささやかな光を放つものだ

けれども
親がつけた名前を知らぬ孤児のわたしは
その小さな星よりも
もっと孤独に生きてきた
記憶も名前も失われ　そのために
生き残ったわたしの
この体に貼りつけられた

新しい名前　つまりは
偽りのラベルをまといながら
虚の世界に閉じ込められて

それから六十五年を生きて
歓びも哀しみも
虚ろな幻のなかで淡く煙っている
そしてやがて気づく
木淡のなかにひそむ淡の一字が
ぼんやりとかすかに煙るのに

ときには見あげてみるがいい
南の空にまたたく孤児のような星を
そして思ってみるがいい
その星にしたしみを抱く
沖縄の老いた孤児がいることを

わたしはときどき思うのだ
自分のほんとうの名前を知って
それから死にたいものだと
ながすぎる虚の世界を出て
つかの間でいいから実の世界の扉を開き
わたしが正真正銘のわたしに戻った後で

＊木についたまま熟して甘くなった柿の実。きざらし。

芭蕉布

糸芭蕉の葉が風に揺れ
揺れるその葉のみどりが空に溶けて
空はみどりがかった青色だ

辺戸岬に向かう戦闘機が
大《おお》宜《ぎ》味《み》村《そん》の空をざっくりと裂く
みどりがかった青がくだけて
爆音が村を揺るがすと
老婆はきまって機織機に顔を伏せる
平和な島に戦争がやってきてから
機を織る老婆の手は進まない

（芭蕉布に　老婆の吐息はせつなく流れ）

戦争がやってくる前
村の女たちは機織機で人生を織っていた
沖縄のゆったりと流れる時間のなかで
芭蕉布にそれぞれの人生を織り込んでいたのだ
遥か琉球王国の時代に
庶民も着ることを許されたその美しい布に

（芭蕉布に　時代を超えて琉球の風は流れ）

男たちは戦争にとられ
女たちは畑仕事で忙しく
若々しい機の音は絶えた
美しい芭蕉布は　今ではもう

力なく隅においやられてしまった*
それが老婆にはさびしいのだ

老婆はひとりで機を織る
爆音が小さな家を揺るがすたびに
機織機に顔を伏せながら
それでもひとりで機を織りつづける
息子は戦争から帰らず
今は日がな一日
彼女は芭蕉布に悲しみを織る

島に戦争がやってきてから
老婆が芭蕉布に織っているのは
沖縄の悲運と苦しみだ
まるで縦糸と横糸のように
それを老婆は機で織っているのだ

今日もひねもす飽きることなく

＊〈美しいものは力なくいつも一隅におひやられ〉　柳宗悦『芭蕉布物語』による。

召集令状を書く女

窓のない部屋
牢獄でさえ窓はあるものを
この部屋には窓がない

戦争が始まってにわかに
間仕切りをしてつくられた
役場のなかの特別室
誰もが自由に出入りのできない部屋が
二十歳の二人の女の仕事場だ

そこで二人は召集令状を書く

向かい合う二つの机の上の天井には
裸電球が逆さ海月《くらげ》のように吊るされていて
昼でも薄暗い部屋を照らしている

一日に一人で四十枚の召集令状を書く
文字は一つも間違えられない
緊張のために肩が凝る　しかも
この部屋では笑うことがない
二人の仕事は
兵士となる者の命運に関わっているのだ

それでもこれまで
令状の名前はさながら月のように遠く
わたしにとってはただの記号にすぎなかった
今日の朝　新しく届いた令状の名簿に
許婚の名前を見つけるまでは

新しい名簿は
わたしを一気に戦争に近づけた
正確に言うなら
わたし自身のなかで戦争が始まったのだ
許婚の名前を令状に書くべきかいなか
だが　この戦いに勝ち目はないのだ

何百人もの男たちに召集令状を出しておきながら
自分の許婚には出さないという
そんな理屈は通らない
国家がそれを許さない
だからせめて許婚には
生きて帰ることを祈って令状を書こう

独房でさえ窓はあるものを

この窓のない殺風景な部屋で
つかれた海月のような電球を見つめながら
わたしは初めて
自分が書く召集令状の意味を考える
それを受け取る男たちの
これからの運命に思いを馳せる

それから　わたしは気づく
多くの女たちと同じように
自分が男を愛する女であることに
兵士となる男を愛する日本の女であることに
死なずにいてほしい兵士の
その妻となる女であることに

何百枚もの令状を書いた後で
やっと初めて

魚の歌

母の名が風にちぎれる
父の名が波にただよう
それから声はゆっくりと海の底に墜ちてゆく
女たちよ　海に棲む魚たちを
その暗い叫び声で悲しませるな

追いつめられて
やっとたどり着いた摩文仁の丘で
戦《いくさ》を大いなる悲劇として記すべく
すりきれた靴底に力を込めながら
その断崖の土を蹴って海に飛び込もうとする女たち

死によって時代は開かれない
死はおまえたちの未来を閉ざすだけだ

　おまえたちが海で腐乱するとき
　世界そのものが腐乱するだろう
　だから　海にその死体を捧げてはいけない

深い海溝に響きわたる
母を呼ぶ声
父を呼ぶ声
沈黙をつづける沖縄の海に
魚たちは沈黙でこたえるだけだ
魚のうろこが光る海面は乱反射し
海となった空に魚が群れる　そうして
空は海の眷属であることを物語る　だが
海はおまえたちの眷属だとは語らない

なだらかに海に傾く摩文仁の丘の
そこから先は魚たちの世界だ
海に近づくな女たちよ
限りなくあおい海底をのぞいて
ひとであることを嘆きながら魚たちに近づこうとするな
魚は海に棲む生き物だ

すでに兵士の墓地となった海に
身を投げようとする女たちよ
その暗い叫び声で魚たちを悲しませるな
ひとは陸で生きるものだ
たとえ絶望にうちのめされた島の
その陸の上でも

教訓

断崖の下の海へ
飛び降りようといちどは決心しながら
女たちは逡巡し　けっきょく
飛び降りないことに決めた

壕からのがれて断崖に立つ数時間前
村の七人の女たちは
紐や手ぬぐいを木にかけた
もちろん首を吊って死ぬためだ

女たちはその試みに失敗した後で

ひとつの貴重な教訓を得た
首吊りをするのにさえ
技術と工夫は必要なものだと

今となれば微笑ましくさえ思われる
その失敗の後で
断崖から身を投げることは
確実な死を約束されていたのに
女たちはそれを避けた

やがて腹が減る
自決しようとしている者でも
やはり腹は減るのだ
空腹のなかで女たちは
言わば七人の女侍たちはもういちど考えた
どうして死ななければならないのだろう?

死ぬのはやはり怖い
一人が言い
死ぬのは嫌だ
もう一人が言った
それが女たちの本音だった
やはり生きてゆこう
漠とした思いのなかで
七人の女たちはそう心に決めた
沖縄戦が終わる一日前のことだ

ここにぼくらはひとつの教訓を得る
死ぬことはいつでもできる
明日まで待って
それから死んでも遅くはないのだ

死に向かうひとよ
明後日とは言わない
せめて明日までは待て

旅券　一九六三年四月　仙台

仙台の大学で
沖縄出身の山川君は
英会話クラブに入った
最初の例会で彼は
部員たちにたずねられた
沖縄では英語を話すんじゃないの

真面目な顔でたずねられて
山川君はとまどった
そりゃアメリカ人は英語を話しますよ
でもぼくらは日本語です

短い沈黙の後で
誰かが言った
そりゃ当然だよな
沖縄は日本なんだから

だが　当然という
もっともらしい言葉の背後に
はっきりとしない現実がある
そこが日本かアメリカか
実のところ判然としないのだ

山川君は立ち上がって
学生服の内ポケットから
旅券を取り出してぼくらに見せた
みどり色の表紙を開いて

彼が指差した箇所には
所持者の身分は「琉球住民」となっていた

旅券はそのとき
彼がやって来た沖縄の
愛おしいほどの
小さな遺品のように見えた
山川君は遺言執行人のように
なんだか真面目な顔をしていた

＊一九七二年に沖縄は日本に返還された。

密航者　一九五〇年代　沖縄

旅券*なしできみたちはどこに行くのか
それなしではきみたちは島を出られない
貧しくて不運なきみたちは
百六十の島からなる
この沖縄の外には出られないのだ

那覇の港から
鹿児島行きの船が出る
旅券を胸ポケットにしのばせて
ときどき心臓の鼓動をはかるように
幸運なひとびとは胸に手をあてる
ただ旅券があるのを確かめるために

アメリカまで旅するのではない
たった鹿児島までの船旅で

日本の捨石とされ
後にアメリカの要石と呼ばれた
きみたちの島　沖縄から
いま聞こえてくるのは何だろう
辺戸の岬や
万座毛の断崖にくだける波の音は
孤絶したきみたち自身の心のどよめき
戦後のつらい第一楽章の旋律そのものだ

戦いに敗れて
琉球住民として旅券を携帯することの
不合理と屈辱にじっと耐えながら
きみたちは何を考えているか

きみたちの未来はこれからどこへ向かうか

旅券も翼も持たぬきみたちは
星のない夜ひそかに
島のさみしい波止場を出港せよ
密航者として暗い海に出て
それからひたすら北を目指せ

きみたち
確信犯的に海をわたる密航者たちよ
東シナ海を左に見ながら進めば
きみたちを捨てた国の首都は遠くない
いや　訂正しよう
きみたちが捨てるであろう国の首都は遠くないと

＊当時沖縄で発行されていた〈旅券〉は身分証明書であったと言われている。

愚者の楽園

虐げられた子供は
失意の翳を
碧い海のような瞳に滲ませている
その瞳の海に風が立つ
同時に　ひとつの比喩が立ち上がる

子供が飢えているときに美食を楽しむ親は
倫理のテキストを遠ざける
それからゆっくりと葡萄酒をすする
賑やかな饗宴はいつまでもつづく

そのとき　沖縄は
饗宴の外で飢えている失意の子供なのだ

＊

かつて
沖縄の基地について考えない本土は
愚者の楽園*だ、と言った者がいた

そのなかに自らを含む楽園で
わたしは戦後の平和を享受してきた
〈世界言語〉で言うなら
平和をエンジョイしてきたのだ

思えば
沖縄は地理的に遠い存在だった

ときどき心理的に近づいても
それはやがて日常の生活
グルメや恋やスポーツや
音楽やハリウッド映画のせいで遠のいた
わたしも楽園のなかの愚者だったのだ

そうした生活のなかで
沖縄を考えつづけるのは難しい
だが他者の問題を自らの問題として
正確に言うなら
他者の問題のように見える自らの問題を
しっかりと見つめてゆけば
沖縄は限りなくぼくらに近いものになる
ぼくらは賢者の楽園に住むことになる

＊

かつて
沖縄の基地について考えない本土は
愚者の楽園だ、と言った者がいた
〈世界言語〉で言えばフールズ・パラダイスと呼んだのだ

その言葉をきみなら笑って無視するか
それとも　おれは愚者ではないと居直るか
愚者とはつまるところ
他者を顧みない者ということであるなら
おお　おれは自分の利益がいちばんだと開き直るか

思い出すがいい
ぼくらの住むこの祖国を
愚者の楽園と呼んだ男がいたことを

沖縄返還密使として〈世界言語〉を駆使し
そして空しく世界から忘れられて死んだ
サムライのような男がいたことを

＊沖縄返還密使、若泉敬の言葉。若泉は核密約を結んだことを後に悔やみ、公表した。

ヒューマン・チェーン

ぼくの右手からきみの左手に
ぼくの左手からもうひとりのきみの右手に
伝えようとする思いを
じかに伝えるために手を握る
そうしてぼくらは鎖をつくる
冷たい金属ではない
人間の手がつくる血のかよう鎖を

怒りで突き上げた手を今は下ろして
名も知らぬひとの手を握りしめよ
柔らかく　時にきつく握られた手は

鉄条網で囲まれた基地を
人間の鎖となって
さらにその外側からとり囲む

見知らぬひとの体温を
皮膚で感じながら手を繋ぐ
祖国を同じくする者たちが
同じ希望を育てる　まるで
ヤンバルクイナの雛を飼育するように

男たちのかたい手
女たちのしなやかな手
それらはみんな
しっかりと結び合う人間の手だ
その手が鎖をつくる

日常から遠くにあるために
いつもは忘れがちな戦争に
今日ぼくらは関わろうとする
パイロットよ飛び立つな
ぼくらの手が鎖となって
戦闘機が飛び立つ基地の
喉元をしめあげる
まるで死刑執行人のように

（ぜんたいこの世に軍事基地は不要なのだ）

耳傾けるきみよ
世界はかならず変わる
そう思う心がいずれ世界を変えるのだ

朝を待つ沖縄

暗すぎる夜の後では
明るい朝がいい　ときみは言った

＊

沖縄の美しい浜辺
東シナ海をのぞむ奥間の砂浜で
焼かれた仔犬の骨のような珊瑚を拾い
それを夕陽に向かって投げる　すると
沈む陽には白い小さな傷がつく
それから空はたそがれる

沈む夕陽についた白い傷は
沖縄に突き刺さった悲運の矢の
ふるい傷のようにも見える　あるいは
沖縄の歴史に刻まれたトラウマのようにも

海は夕陽を水平に捧げもち
その胎内に同じ大きさの太陽を孕んでいる
それは明日かならず朝日となって
東の海に昇ってくるものだ

（西の海に孕まれている朝日を
　心に思い浮かべる者には希望がある）

海が迎える臨月
淡く浮かぶ臥待月の下で
太陽の胎児は明るく輝く準備を始める

＊

暗くてながい夜がつづいた沖縄にはやっぱり
明るい朝がふさわしい　とぼくは応えた

怒りの群島

薄紫の雲が空に流れて
海に柔らかな影を落とす
島々は孤立しているように見えながら
海底でひとつに繋がっている
それは群島の
差別から生まれた苦しみが
やはりひとつに繋がっているということだ

南からやって来た戦《いくさ》を
食い止めようとして敗れた兵士と島の父祖たち
祖国の無慈悲をいちども口にすることなく

野の花のように散った少女たち
そこにはただ祖国の卑小が際立っていたと
今ならば言うことができる

この虐げられた父祖の地で
苛立ちにも似た感覚にみちびかれて
疎外の岸辺に橋を架けようと
辺戸の岬に立てば
与論と沖永良部の島は遠く
この国の首都はさらに遠い

それでもひとは北に向かって叫ぶ
沖縄で起こったことを
差別から生まれた苦しみを
語らなければ祖国は忘れてしまう
沖縄で今起こっていることを

語らなければ祖国にいたみは伝わらぬ

差別というのは例えばこうだ
〈不幸にも　ヒロシマとナガサキに原爆が落とされた
　幸いにも　大きな地上戦は沖縄に限られた〉
たしかに沖縄は捨石にされたのだが
それにしてもこの差別の冷たさはどうだ

まるで悪夢のような戦の
その跡につくられた多くの基地に
(これも差別の産物なのだが)
守礼の民よ　涙するな
沖縄のいたみを知る者たちは
もうすでに気づいているのだ
基地があるから安全だという思想が
もっとも危険なものだということに

だから
基地は抑止力だという国家の論理を
否定し抑止する論理を持たねばならぬ

四百年余り昔の薩摩から
この現在にいたるまで
支配し命令する祖国にいつも
従順にしたがってきたのは
忍耐力ではなく諦めのせいだと
今では冷静に振り返ることができる

＊

六十五年前の六月
風は夏の喪服をまとって島嶼を渡り
群島をひとつの悲しみで繋いだ
二十万の死者は

ひとつの悲しみと言うには多すぎたが

今季節は秋でも
風は夏の装いのままで
空の光は釣り糸のように海に沈む
記憶の漁礁が点在するあおい海に深く

これから季節は冬へ傾く
といっても沖縄の冬はあたたかい
それでも記憶の海では冷たい風が吹くだろう
胸をわずらった子供のように
北の国の虎落笛《もがりぶえ》にも似た音をたてて

季節はそのようにして廻ってゆくが
あのとき辺戸の岬に架けようとした橋
あれはやはり幻であったか

幻とはほんとにせつないものだが
それでもまだ希望はあるかも知れぬ
そうであれば
やはり未来に希望の橋は架けたいのだ
沖縄の声が北にとどいて
それが国家の論理となるように

あとがき

私にとって三冊目になるこの詩集は、直接には沖縄をテーマにしているが、日本や世界全体を俯瞰したものでもある。東北人なのに、時に沖縄人になりすまし、沖縄を通して世界を眺めると、私という〈個〉によく見えてくる風景がある。人間や国家の原風景である。それを作品にしてみた。

かつて、尾花仙朔氏は詩集『有明まで』（思潮社）のあとがきの中で、「私という〈個〉と〈世界〉との関りを主題にして美しい日本語の詩を書きたい」と記した。これは私にとっては重い言葉である。〈個〉と〈世界〉の関りを主題にすることは誰にでもできるが、それを〈美しい日本語〉で書くことは至難のわざだからである。けれども、同じ仙台の地で、すぐれた詩人である尾花氏はそれを確実に成し遂げているように見える。うらやましいことだが、同時に、身近にそうした詩人がいることの幸せも感じている。刺激をうけながら詩を書きつづけることの幸せである。

今回も、思潮社会長の小田久郎氏からあたたかい激励をいただきました。また、編集部の藤井一乃さん、遠藤みどりさん、装幀の和泉紗理さんにもお世話になりました。ここに心から感謝申し上げます。

二〇一一年五月　仙台にて

斎藤紘二

斎藤紘二（さいとう　ひろじ）

一九四三年　樺太に生まれる
　　　　　　東北大学法学部卒業
二〇〇六年『直立歩行』（思潮社）第四〇回小熊秀雄賞受賞
二〇〇九年『二都物語』（思潮社）

日本現代詩人会、宮城県詩人会会員

現住所　〒九八二―〇二一二　仙台市太白区太白三―九―十一
E-mail　saito-3210@ac.auone-net.jp

海《うみ》の記憶《きおく》

著者
斎藤紘二《さいとうひろじ》

発行者
小田久郎

発行所
株式会社思潮社

〒一六二―〇八四二　東京都新宿区市谷砂土原町三―十五
電話〇三（三二六七）八一五三（営業）・八一四一（編集）
FAX〇三（三二六七）八一四二

印刷
三報社印刷株式会社

製本
誠製本株式会社

発行日
二〇一一年七月三十一日